JN121805

死のやわらかい
鳥さんの瞼
点滅社

# 死のやわらかい

鳥さんの瞼

点滅社

目次

# 死のやわらかい

鳥さんの瞼

鳥

会うことのなかった四羽の心臓が一つに刺されて完成している

## 棺

苦すぎる麦茶があったいつだって母は力のかぎり愛した

愛情の加減ができずわたくしの虫歯ひとつに泣いてくれる祖母

生きものをこなごなにするためだけの機械を買うこともできる暮らし

期限切れ卵がこんなに残ってて私は生きるつもりだったね

逆マリー・アントワネットがやってきて私の全てをパンにしていく

大陸で暮らす魚のはるばると４３２円の棺

この部屋で死体の腐っていく私、冷凍室で生き延びる鮭

命には別状のないさみしさで一人暮らしの四年を終える

## 速度たち

ぱっつりと切れば新しい余命でコップの中に立つ薔薇の花

ドンドンドン・ドンキー高校生のころ欲しいと寂しいはすごく似ていた

死んでからはじめて体が真っ直ぐになったと知らない海老の天ぷら

メロンよりメロンの味がしてるグミ（死んだら記憶なくなるらしい）

天国は無いと知ってて冥福を祈ってしまう私たちの手

本当は（魚に触った後は手をよく洗いましょう）皆死なない

シーチキン泳ぎ続けてしまうこと臆病じゃないとわかっているよ

# 虹

たぶん別の背中どうしの手羽先が合掌しながら運ばれてくる

おもむろに鳥の臓器はもちあがり惚気るひとの中へ収まる

持ち主の知らないひかり五種盛りの断面すべてにそれぞれの虹

出身の話が二人で盛り上がりわたしは乾いたエビを見ている

## 心の理論

滅亡の日もけんかしていたことを月のうさぎに見つかりましょう

ローマ字の、エッチって言う祖母だからエー・ディー・エッチ・ディーって言うんだ

手品師のかばんに暮らす白鳩の幻想的な就業規則

ダラララ、じゃんで生まれた心臓がうさぎになって火星を往くよ

## 貝殻

傷ついた時に自分が悪いって思わなくてもいいのにね 牡蠣

刺す人の気持ちわかるよそれだって弱くて刺される側なんだけど

## 乱暴さについて

きっぱりと枇杷の浮かんでいるゼリー美しい死後もあるかもしれない

でもこれはあなたがだめにしたんでしょすてるかすてないかをきめないと

嫌われることより（↑うそです）嫌いだと思ってしまったことに傷つく

フェニックス イフェクサー キメラ ユニコーン脳の病気がなおるとよいね

こんなにも病む人のいるびしょびしょの受付横に傘をねじ込む

乱暴な言葉を使うやつは死ね、死ねも乱暴か。皆で死のう(?)

世界中が敵になっても、あなたまで敵になったと思うんだろう

爪の先、めくるページの同じ白、生きてくことのほのかな不潔

## 優しさについて

避妊具をきれいにつけて今までの全員きっと大事にした指

これはあの、ＡＩアプリに囁いた「死にたい」を基に描かれた絵です。

死にたいと私が入力する時も帝王切開の傷を持つ母

満室と言われて今このキャッスルに二個ずつ格納されてる裸体

## 遅れる

断面をひからせて梨 仕事中泣かれるとすごく困るんだって

わかってしまった　ただひたすらにその後はわたしの中を尖ってゆく死

直角の傷を背負ったカステラよ死んだあとってこんなにすごい

くりかえしくりかえし壊れる美しいですかもがきながら生きるのは

亡骸のわたしが発見されるまで生きていてくれるはずのサボテン

## 行き先はたいてい二つ

友達といえない程の愛情を見えないふりしてくれてありがとう

生きるのにちょうど良い国なんてなくぬいぐるみの身体になりたいな

無理はしな　まで打ってから消す無理はしすぎないでねに変えて送る

来世では男になるって言ったからわたしも男になろうかまよう

（美しい・醜悪な）あなたをずっと（許せない・愛してる）私をどうか（嫌ってください・
知らないでいて）

し

死が好きで数字がきらいCtrl＋Cを使いなさいと言われる

頑張ればまだ書けるペンを捨てるとき会社の気持ちもすこしわかるよ

わたくしはでっかい声で「すごいねえ！」「面白い！」とか言う。暴力

生きているだけでえらいの生きている定義がそもそも違う気がする

成果って何、成果って何、成果っていたいのいたいの諦めてくれ

## 電子レンジ

１００グラムあたり67円で飛ぶための筋肉が売ってる

人生は優しいだけじゃ駄目ですか 中心部だけつめたいドリア

努力　というかずっと困惑とよぶべき若さの火を生きてきた

上を向いて歩こうそして飛び降りができそうなビルがちょっと見つかる

本当は投身自殺より焼身自殺がしたいと気づいているよ

とりあえず検索してみてそのあとは40万かかるとわかりました

脳みそは36℃（私にも笑顔がすごく似合ってしまう）

調べても調べなくても同性の裸が無料で出るね.jp

諸経費や原材料高騰により小顔になってゆくアンパンマン

横たわる鳩の死骸をわたしたち大人は見えないみたいに歩く

ひとりでは生きていけないない割り箸も割らなかったら刺すしかできない

敵キャラの人の原形留めてる奴とそうではない奴がいて後者サイドかもしれんなあ

俺はもう揺れてますから後はめっちゃ考える方の葦の皆さんに任せます

## 皮膚

ドラえもん柄のGUCCIのお財布になるまで生きたうつくしい牛

やわらかに母は狂ってゆきながら私に何度もそうめんを煮る

練乳が奥歯にしみる　愛されて育ったことがたまにくるしい

羽　ずっと抜ける　悪夢　で検索をしているばあちゃんの守護天使

柔らかな獣のにおい母さんの鞄の牛の牛の母さん

# 死のやわらかい

栞

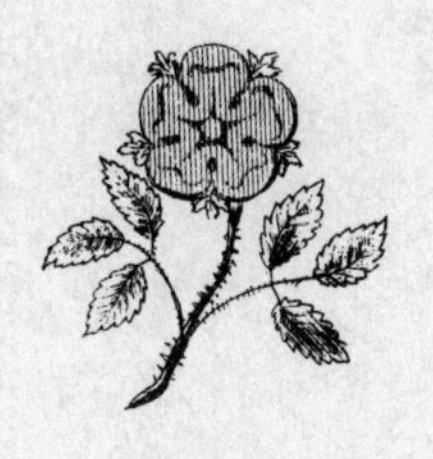

# 若草の香り　林あまり

『死のやわらかい』とは、かなり思い切ったタイトルだ。

せっかくの第一歌集を「死」の字の入った名前にすることは、なかなかできることではない。どんなに「死」に親しい内容であろうとも、名付けとなれば、ストレートなその字を避けようとする。それがいわゆる普通の感覚だろう。

だがこの作者には、もうそんなことはどうだっていいのだ。デビュー歌集の晴れがましさなんてものはない。

だって、
　期限切れ卵がこんなに残ってて私は生きるつもりだったね
と書いてしまうのだから。
卵の期限がまだ先だった頃には、生きる気まんまんだったのかもしれない。毎日卵を食べる「つもり」で、健全な生活をする「つもり」だったのかもしれない。
でもいまは、それは別人のような過去だ、と自ら遠い目をしてしまう。作者には、いまはもう「生きるつもり」なんてないのである。

ふりきれている「鳥さんの瞼」さんの魂は、死に親しいからこそいきいきと若く、魅力的だ。

生から（そしておそらく死からも）、いそいそと振り向いてもらえなくなってきた私には、その魂の痛みが、いとおしい。

まわりと関係なく、自分だけがどんどん死んでゆくという痛み。いきいきとした痛み。なつかしい痛み。

この部屋で死体の腐っていく私、冷凍室で生き延びる鮭とはいえ主人公は、積極的に死への行動を取るわけではない。
シーチキン泳ぎ続けてしまうこと臆病じゃないとわかっているよ
そう、「泳ぎ続けてしまう」のだ。

こんなにも病む人のいる びしょびしょの受付横に傘をねじ込む

「病む」ことが特別ではないのも、わかっている。

一方で、「死にたい」気持ちに苦しむ自分にも、生身の家族がいる。例えば、現実を乗り越えて年齢を重ねてきた「母」という存在がある。

死にたいと私が入力する時も帝王切開の傷を持つ母

その傷は紛れもなく、自分が母につけた傷なのだ。自分が望んだわけではなく、覚えてさえいない出来事によって。

わかってしまった　ただひたすらにその後はわたしの中を尖ってゆく死

遅くまで起きてるみんなの死にたいを結んで名前のつかない星座

とりあえず息をしている程度には生きている作者。その前後左右に「死」という石ころが数えきれないほど、転がっている。数えきれないほどの回数を、つまずくしかないのだろう。

けれど——読めば読むほど、暗い感じはしない。ことばというささやかなカンテラが、主人公をほんのり照らしている。

巻き貝のなかを明るくするように母は美大はむりよと言った

他者からの、絶望に近いことばでさえ、優しく響く。

柔らかくなった文庫に挟まったまま若草のような指定券

持ちにくいのかもしれないし掴みにくいのかもしれないけれど、たしかに一枚のチケットがそこにある。「若草のような指定券」という表現のみずみずしさよ。ことばからたちのぼる若草の香りは、作者の生をふんわり包んでいるのだ。裸で傷だらけのはずの身体を、魂を、ふんわりと。

香りは目に見えないし、儚いし、さわることもできない。それでも香りは、ある。「鳥さんの瞼」だけの指定券が、この歌集から、はばたくように香っている。

# 「むりよ」が連れてきた明るさ　岡本真帆

この歌集には、何度も「死」が登場する。

会うことのなかった四羽の心臓が一つに刺されて完成している
大陸で暮らす魚のはるばると４３２円の棺
持ち主の知らないひかり五種盛りの断面すべてにそれぞれの虹
生きものをこなごなにするためだけの機械を買うこともできる暮らし
横たわる鳩の死骸をわたしたち大人は見えないみたいに歩く

飲食店で提供されるハツの串焼き。プラスチックのトレーに身体を横たえて売られる魚。五種盛りの肉や魚の断面の輝き。生活の中で無数に直面する様々な死から、作者は目が離せない。

思い出すのは藤子・F・不二雄の短編作品『ミノタウロスの皿』だ。地球によく似た惑星に不時着した主人公は、そこで出会った少女・ミノアに恋をする。しかしそこは牛に似た生物が人間を家畜として支配する星だった。ミノアは最高級の食材に選ばれ、死へと向かっていく。主人公は彼女を説得して止めようとするも話は通じず、彼女は食べられることを至高の喜びとして受け入れるのだった。この物語では、人間と家畜の立場を逆転させることで、食糧となる動物に対して人間が為す暴力的な行為を強烈に意識することになる。だが実際にそのことを認識し続けた状態で日常生活を送れる人はどれくらいいるのだろう。なければ生きていけないものが残酷さや暴力的な行為の上に成り立つのだと、考え続けて暮らすことは難しい。わたしたち大人は、すべての死にいちいち驚いたりしない。それが「死」であることも忘れて、思い出しそうになっても気づかない振りをして、忘れようとして暮らしている。でも作者はそこから目を離さない。死を初めて目の当たりにした子どものように、目が離せない。

きっぱりと枇杷の浮かんでいるゼリー美しい死後もあるかもしれない
メロンよりメロンの味がしてるグミ（死んだら記憶なくなるらしい）
死んでからはじめて体が真っ直ぐになったと知らない海老の天ぷら

「死んだ後のこと」を扱う歌も多い。透明なゼリーの中に浮かぶ枇杷の実の美しさ。本物よりも本物らしい味のグミに驚きながら、その驚きもいつか忘れることを実感のないまま噛み締める。意識が存在するのは生きている間だけで、死後に自分自身の身に降りかかることを自らは知り得ない。死という、すべての生命にいつか訪れる、抗うことのできない絶対的なもの。多くの人が恐れ、忌避しようとするそれを作者は繰り返し見つめて、歌にする。思考停止することなくこれほど幾度も取り上げることができるのは、作者の特徴であり個性であると思う。

おかあさん大好き ひとりで母になる前のあなたを助けたかった
ひらかれる時は明るい冷蔵庫 母は私の前でなかない
母の推すあんまり知らん政党が母をさびしくしませんように

「死」の次にこの歌集に多く登場する言葉は「母」だ。
母親が子であるわたしを産まなければ、わたしは今ここにいない。それでも、ひとりで産むことを決意した一人の女性のあなたを助けたかったと切実に詠む。母親だから好きなのではなく、母と子という生物的な関係や時空を超えて、対等な存在として、助けたかった。冷蔵庫の歌では、母としてわたしに接するときの母の明るさから、母の覚悟や隠されている感情があることの寂しさを感じている。母親への想いが切ないほど溢れる歌の数々からは、彼女を助けたいと思う気持ちと、母の子どもという立場からでは母親を本当に救うことはできない、と作者が感じていることが滲んでいる。だから母の推す政党に「さびしくしませんように」と願うのだろう。

巻き貝のなかを明るくするように母は美大はむりよと言った

家庭での進路相談のシーンだろうか。金銭的な理由か、子の才能をシビアに見ているのか「美大はむりよ」と母親は言う。「むり」の理由は歌の中では明かされていない。拒絶とも、説得ともとれる「むりよ」という言葉がもたらすものが明るさであるところに意外性があり、とても美しい歌だと思う。

どうして「巻き貝のなか」なのか。巻き貝は、ふっくらと膨れた空間が、尖った部分に向かって徐々に狭くなっている。自然光が奥まで届きにくく、内部を一目ではっきりと見ることはできない。閉塞感のある場所で生きている親子二人の、生きづらさの暗喩なのかもしれない。しかしどうしてか、この歌は暗い歌には思えない、妙な清々しさがある。それはきっと「明るくするように」の言葉にある。

養育者である母に「美大はむりよ」と言われた主体は、美大への進学を諦めたのかもしれない。その後については この歌だけでは分からず、想像の域を出ないが、「諦める」という言葉の語源は「明らむ」で、つまびらかにする、明らかにするという意味を持つ。それまで暗くはっきりしなかった部屋の中が、母の一言で明るくなる。明るくなることで、ぼんやりとしていたビジョンがはっきりとする。一見ネガティブな歌に思えるのに、どうしてかかすかに希望を感じる。美しく複雑な比喩の奥深さに惹かれて、わたしは何度も日常の中でこの歌を思い出してしまう。

# 命に旗を立てる　東直子

タイトルに「死」の文字が入るこの歌集は、様々な角度から死を考察しつくしている歌集である。同時に、死と背中合わせにある「生」、あるいは「生まれること」に思いを馳せた歌集でもある。死を考察するにあたって希死念慮が感じられる歌もあるが、今生きていることへの問いとしての死が描かれているように思う。

死にたいと私が入力する時も帝王切開の傷を持つ母

自分が生まれるために母の身体を傷つけたという意識がある。母の身体にある消えない傷は、命がけで自分を産んでくれた痕跡なのだ。そうして生まれた自分の命を自分で終わらせたいと願うその願望自体に対する罪悪感。複雑な心境を淡々と詠んでいる。

おかあさん大好き　ひとりで母になる前のあなたを助けたかった

この歌も母に対する独特の心理が描かれている。一人の若い女性だった母が、自分を産むことで母親になったという事実に対する申し訳ないような気持ちが滲む。初句で手放しの愛情表現を描いたあと、母に対して保護者のような目線に変化することが不思議に感じられた。現在の自分と若い日の母を重ね合わせているのかもしれない。そうして何度も自らの生のスタート地点に立ち、生き直しているかのようだ。

柔らかな獣のにおい母さんの鞄の牛の牛の母さん

母親の牛革の鞄から牛を想い、さらにその牛の母牛に想いを馳せている。革が放つ「獣のにおい」とともにある連想は、生々しさがある。ファッションのために消費される牛の母子と人間の母子とを重ね合わせ、苦い。人間の社会のめぐりで消費される命についての鋭く繊細な視線に、作者の独自性を感じる。

会うことのなかった四羽の心臓が一つに刺されて完成している
生きものをこなごなにするためだけの機械を買うこともできる暮らし
大陸で暮らす魚のはるばると432円の棺
なにをする内臓なのかわからないまま盛り合わせをじっとりと焼く

自分が生きのびるために生き物を摂取するということに対する罪悪感が、生々しく描かれている。一首目は焼き鳥、二首目は家庭用ミキサー、三首目はスーパーのトレイ、四首目はホルモン焼きのことを異化して描いているのだろう。どれも普段は当たり前のこととして受け入れているが、このように新たな角度で歌に刻まれることによって、その残酷性が浮き彫りになった。人間の都合で串刺しにされ、こなごなにされ、値段をつけられ、火であぶられるのだ。人間の食料として供されるその一部の身体の持ち主は、この世のどこかで確かに生きていたのだ。けなげに生きていた者への視線は、自分が生き続けることへの罪悪感と結びつく。といっても声高に何かを責めたりするわけではない。人間社会ではこんなこと歌を通じて何度も反芻している。人間は、私は、なんてことをしているのだ、と歌を通じて何度も反芻している。といっても声高に何かを責めたりするわけではない。人間社会ではこんなことが起こっている。それを目の当たりにしたときの作者の独自の感覚が、見過ごしていたもの一つ一つに哀惜の旗を立ててくれているように思う。

鳥だった記憶があってこの人は悲しい時にもちいさく歌う

歌集を通して読むと、この歌の主体は心臓を串刺しにされた鳥の生まれかわりかもしれないと思えてくる。命はつながっていて、記憶もかすかに響きあう。鳥は、一見はかない存在に思えるが、自在かつ柔軟に生きている生きものでもある。その記憶があるから、どんなときにも小鳥のように歌う。はかないようで自在に生きのびている「この人」の姿が、じわじわと浮かび上がってくる。

言い過ぎたかもしれないと思いつつうどんに赤が散るのを見てる

この歌の「赤」は、うどんに散らすトウガラシだろう。なにげない場面だが、赤が散るといえば血が飛び散るイメージに結びつく。白いうどんの上に散る赤いトウガラシの粉は、悔恨の念を具現化したものであり、それぞれの身に流れる血とその命の欠片も感じる。いつかどこかで見た光景が、鮮烈な新しい記憶として刻まれる。

遅くまで起きてるみんなの死にたいを結んで名前のつかない星座

深夜に浮かぶ「死にたい」をつなげて星座にする。痛切で美しいイメージ。「みんな」は、深い夜の空を見上げているたくさんの顔を知らない人。あいまいな「みんな」がやさしい。「死にたい」という気持ちを受け入れ、昇華させてくれる力があるようだ。

横たわる花束がありすこしだけコンクリートをていねいに踏む

その場所で亡くなった人を悼むように置かれる花束。そこを偶然通りかかったのだと思うが、「ていねいに踏む」が心にしみる。敬意と慈しみを込めた「ていねい」である。

心をつくして死と向かいあい、命をかみしめ、生きていることを味わう。いつか必ずやってくる死をゆっくり受け入れるための心の器としての歌なのだろう。

## 提供

いちにちめ　火よ、　昏い血よ　わたくしを抜けて誰かの光になりな

おかあさん大好き　ひとりで母になる前のあなたを助けたかった

なにをする内臓なのかわからないまま盛り合わせをじっとりと焼く

ぜったいに二人は欲しいという人の臓器提供の欄　免許証

泣いてる？と聞かれて今日はこの人に傷付けられるはずだったのか

うつくしい種無し葡萄　わたくしの身体はたぶんわたくしのもの

## 容易にエンジェル

ウォッチユア・ステップおまえバウンド・フォーシブヤ、ウィルスーンいきなさい

すれ違う度に全てで吠えていくお隣さんの倍ケルベロス

パワー蟹 グーに打ち勝つパワー蟹 グー出したって負けるじゃんなあ

正論で殴られたので階段で殴ってみたら容易にエンジェル

ペルシンを食わせると死ぬペルシンはアボカドにあって人には効かない

今が旬！朝獲れ定食　ふさわしい季節に魚たちは死んでいく

## 食べものは

「美しい焼き肉でした！」に空目して　いのちが醜いはずがないよな

ケンタッキーフライドティラノサウルスが前世だったかもしれないチキン

偽物は偽物なりにうつくしくカニかまぼこの朗らかな赤

カレー好き。寝てる彼女もカレー好き。カレーは誰のことも好きじゃない

## 大丈夫

ワークライフバランスと口にする時に序盤で通るクライの部分

左手がグーで右手もグーにしてこれはかたつむりの仇だよ！！！！

ブルーアイズ私が病院に行くまでどうか手を握ってくれドラゴン

たやすくおれのセロトニンは減り、結果へんなおしゃれをしてしまう

もう好きじゃない人を乗せてあげる舟 そしてそいつはソドムで死にます

大丈夫。 あなたのキショい元カ◯や上司は皆殺しておいた。

ほんとうのしあわせなんて無いのだし　おすし　ほたてはたいていてい美味しい

大江山人には人の乳酸菌おまえにはおまえの良さがあるじゃろ

うわ〜〜〜〜〜〜任意の長さで叫んだらいつか死を克服できる文学

## 流れ星

名を持たず死にゆくひかり、一瞬の空が優しくありますように

死ぬことが悲しいだけでなかったこと落ちて初めて燃ゆ流れ星

やばピ

人生の果てない近さこんなんやってら廉太郎「死期」

不健康や辛い状況だからいい作品が作れると考えているというよりはそうなってしまったらこれが良い作品になるんだと信じるように願うしかない

生活がずっとやまない見てほしい田んぼの様子じゃなくて俺を

タンカタンカ！！スーハースーハー！くんくんはぁ…はぁ…作れない！はあっああ

あぁん！！！！！！！

淑やかにWEB面接を終はらせて選ぶいつとう野蛮なるピザ

（自分の機嫌は自分で取る 的やつに苦しくなってても良いと思うよ……）

こんばんは見なくてもいい悲しみをつい見てしまうひとはいますか

遅くまで起きてるみんなの死にたいを結んで名前のつかない星座

ちょw お前w有名人じゃんでもそんな死に方選ばなくてもいいじゃん

っていううちは大丈夫みたいなやつ嘘 死にたいのは死にたいんだよ

友達が死んでて思い出が微レ存（微粒子レベルで存在している）

## もう来ない友人

なんとなく刺したら君が死んじゃって泣くすずめばちになる夢を見た

生きるのがまぶしいみたいに頬張ってメロンパンって春の季語かよ

ああそんなふうに光るな君のいる最後の夢だと気付いちゃうだろ

安らかな眠りだなんてゆるせずに毎朝派手な花を供える

人間だと思って暮らす猫VS鳥だと信じて生きている俺

足が速く生まれなかった俺だから ここでゆっくりアンカーになる

## ケージ

あなたのこと嫌いになってもいいようにとても賢い鳥を飼いたい

寂しいのかわりに寒いと言ってみる布団をかけられてもまだ寒い

きっぱりとお金をはらい私達逃げるみたいに生活をする

てのひらの塩分濃度 やわらかな海をあなたのお腹にあてる

幸せでいるのはこわい　甘いままつき崩されるパフェの恍惚

鳥だった記憶があってこの人は悲しい時にもちいさく歌う

遠くても花火はきれいその人と愛し合ってた日々をおしえて

このさきも今日が続いているようなふたりぼっちで暮らしてみたい

柔らかな背中を抱けばほっこりと喪う予感の滲みてくる夜

さみしいを知らないインコがもう居ない人のかわいいねを繰り返す

安らぎがあってほしい

街路樹になった恋人たちが根を道路の下で繋いでいます

やわらかな光にまみれた死　春はひとしくどんな二人へも来て

火葬とかしないでしっかり頑張れば彼を化石にできるのかしら

ゆるしてね虚構の中で永遠に生かしてしまうあなたのことも

死神のつがいで眠る枝先へ紋白蝶の羽ふりつもる

石棒や土偶が儀式のためじゃなく単に好きすぎてだったらいいね

## てのひら

ひらかれる時は明るい冷蔵庫　母は私の前でなかない

選ばれて死んださかながもう一度選ばれなくて死んでいく今日

言い過ぎたかもしれないと思いつつうどんに赤が散るのを見てる

まだ母が恋をしていた頃に見たあまりに眩しい東京のこと

喜びでしっぽがちぎれそうな犬 わたしも精子の頃明るかった

駄菓子屋であった場所だと知っている代謝されない細胞として

お別れのなかでもっともうつくしい手順を知っているような祖母

どの季節も造花は咲いて変わらない優しさだってあるって思う

悲しめばいいと思ってなげつけた言葉の傷が残るてのひら

母の推すあんまり知らん政党が母をさびしくしませんように

## メランコリア

一斉にとびたつ前のしづけさを鳩と共有してゐる昼間

幸せになれるボタンを渡されて赤色なのですこしためらう

エゾシカのつがいのように触れあってつめたい地表を愛しましたね

わたくしを一人忘れてゆく船の火星をめざす軌跡がきれい

## 少し暖かい曇りの日

大丈夫わたしもさっき起きたとこ、ところでこの星、海があるのね

まだすこし涙の匂いがしているね（地球に降りた夜の手記より）

## 夜のぬるい

シルバニア小さなサイズが単独で売ってることの多いファミリー

横たわる花束がありすこしだけコンクリートをていねいに踏む

白い肉冷やされていてつややかなライチのくににも自殺するひと

話すこと諦めること　おだやかなマグマをもったジャムぱんを割る

灰色の路地にも花は降ってきてぜんぶが明るい季節がこわい

きちがいのように桜は咲いていて母は幸せなふうに笑った

刃をあてて皮はぶあつく切れていく母もわたしも生きづらいひと

花の散る頃から来ないおばあさんのことレジの誰ももう話さない

さまざまな海のなきがら集められしんしんと鮮魚コーナーの九時

## いつか

飛んでったわたしの帽子死ぬまでにちゃんと海まで行けただろうか

柔らかくなった文庫に挟まったまま若草のような指定券

巻き貝のなかを明るくするように母は美大はむりよと言った

## 憶えていないものたち

死をねだるような真紅のくちびるで父の話はしない子だった

読んでくれてありがとう。


存在は痛みを伴います。

痛みに視線を向けないでいられることが、幸せという状態なのだと思います。

死ぬまで頭痛のように作られ続ける気持ちを、破片を短歌にしているような気がします。

実は総てのことは失くならなくて、もしかしたら、死も生も存在もみんな良いのだと思います。

そう信じていて、あるいは、信じるためかもしれません。


見てくださっているひと、言葉をくださったひと、先生、うたの日、筋肉短歌会さん、少しだけ夢にでてくれた友だち、この本が届くまでに携わってくださるひと、こうしてあなたが出会ってくれてありがとう。本当にうれしいです。

鳥さんの瞼

## 鳥さんの瞼（とりさんのまぶた）

死と水が好きです。
最近は仲良しの蜘蛛さんに再会できて嬉しかったです。

死のやわらかい
2024年5月19日　初版発行

著者◯鳥さんの瞼
発行◯合同会社点滅社
発行人◯屋良朝哉
装丁◯名久井直子
校正◯鷗来堂
製本印刷◯藤原印刷株式会社



〒184-0013 東京都小金井市前原町5-9-19
アートメゾン武蔵小金井202
Tel：042-208-7350　Fax：042-405-0650
Mail：tenmetsusya@gmail.com
URL：https://tenmetsusya.com
ISBN：978-4-9912719-4-6 0092